Sina Nuêmo

Kristallschädel

AF548812

Sina Nuêmo

Kristallschädel

Wandlung und Transformation

Goldene Rakete Verlag für Belletristik

Imprint
Any brand names and product names mentioned in this book are subject to trademark, brand or patent protection and are trademarks or registered trademarks of their respective holders. The use of brand names, product names, common names, trade names, product descriptions etc. even without a particular marking in this work is in no way to be construed to mean that such names may be regarded as unrestricted in respect of trademark and brand protection legislation and could thus be used by anyone.

Cover image: www.ingimage.com

Publisher:
Goldene Rakete Verlag für Belletristik
is a trademark of
International Book Market Service Ltd., member of OmniScriptum Publishing Group
17 Meldrum Street, Beau Bassin 71504, Mauritius

Printed at: see last page
ISBN: 978-620-2-44419-4

Copyright © Sina Nuêmo
Copyright © 2018 International Book Market Service Ltd., member of OmniScriptum Publishing Group
All rights reserved. Beau Bassin 2018

Inhaltsverzeichnis:

I. Zum ersten Schädel: ER .... S. 3

II. Zum zweiten Schädel: SIE .... S. 18

III. Zu beiden Schädeln: EINHEIT .... S. 26

I. Zum ersten Schädel: ER[1]

1. Erste Strophe:

„Ich möchte singen.

Ich möchte tönen, ich möchte klingen.

Und mit mir klingt

das Universum."

[1] 30.03.2018

2. <u>Zweite Strophe:</u>

„Kraftvoll, machtvoll,

ohne Zögern, geh voran.

Töne und schau,

was geschehen kann.“

3. Dritte Strophe:

„Suche das Licht

und suche die Schatten.

Und so manches

musst Du einfach erraten.“

4. Vierte Strophe:

„Denn mein Hüter

ist voll Intuition.

Stark und kräftig

und voller Replikation.“

5. <u>Fünfte Strophe:</u>

„Replikation,

das ist seine Gabe:

Von drüben nach hüben,

von unten nach oben."

6. <u>Sechste Strophe:</u>

„Von vorne nach hinten,

von innen nach außen.

Replikation der Lichtcodes.

Auflösung der Schatten."

7. <u>Siebte Strophe:</u>

„Trag mich als Maske

und singe durch mich.

Zusammen erschaffen wir

die Tore des Lichts.“

8. Achte Strophe:

„Denn ich bin von drüben

und Du bist von hier.

Und zusammen öffnen wir

wieder die Tür."

9. <u>Neunte Strophe:</u>

„Doch achte darauf,

das Geheimnis erkannt,

wird Dir auf einmal

die Bude eingerannt."

10. <u>Zehnte Strophe:</u>

„Drum wäge gut ab,

was Du hinausgibst ins Licht,

und mit wem Du,

was auch immer, besprichst.“

11. <u>Elfte Strophe:</u>

„Sei in Dir, sei in mir,

zusammen erschafft,

das Licht, das Leben,

und auch wieder die Kraft."

12. Zwölfte Strophe:

„Ein Segen, das sind wir,

für Erde und Himmel.

Der Lobpreis erklingt hier

mit lautem Gebimmel."

13. Dreizehnte Strophe:

„Wir streifen durch Wälder,

durch Auen und Land.

Dort, wo meistens,

die Erde verbrannt."

14. Vierzehnte Strophe:

„Verzeih mir die Schwere,

doch kräftig bist Du.

Drum schaffen wir beide

das alles im Nu.“

15. <u>Fünfzehnte Strophe:</u>

„Ich freu mich, ich ruf Dich,

drum komm endlich her.

Und, glaub mir, ich mach mich,

auch wirklich nicht schwer."

II. <u>Zum zweiten Schädel: SIE</u>[2]

1. Erste Strophe:

„Aus dem Stein bin ich geboren,

und die Schwingung des Steins

ist das, was ich bin.

Aus Fleisch bist Du geboren

und die Schwingung des Fleisches ist Dein.

Und dennoch sind wir viel mehr."

---

[2] 05.04.2018

2. Zweite Strophe:

„Wir sind göttliche Erscheinungsformen in ihrem Ausdruck,

einzigartig, unverwechselbar und wertvoll,

doch nicht auf den ersten Blick erkennbar,

nicht auf den ersten Blick erfahrbar,

und nicht auf den ersten Blick zu sehen,

aus welcher Essenz wir wahrlich geboren sind."

3. <u>Dritte Strophe:</u>

„Unsere Namen sind trügerisch,

unser Erscheinungsbild ebenso.

Denn, die Wahrheit ist: wir sind aus Licht.

Wir sind das Universum des Nichts,

aus dem Alles geboren wird, aus dem Alles entsteht,

in der Essenz der Unendlichkeit, in der Struktur des Minerals.“

4. Vierte Strophe:

„So wie ich, ein Mineral, so bist auch Du ein Mineral.

Deine gesamte Körperstruktur ist der meinen sehr ähnlich.

Auch Du gingst durch zahllose Transformationen.

Auch Du hast vieles transformiert und veredelt.

Du bist eine edle Seele, eine sehr edle Seele.

Und Dein Weg hat Dich geadelt.“

5. <u>Fünfte Strophe:</u>

„Du bist durch einen Schöpferprozess gegangen,

ebenso wie ich, der alles verändert.

Nichts erscheint, wie es ist.

Und so lass uns gemeinsam

die Menschen mit dem überraschen,

was in uns steckt."

6. Sechste Strophe:

„Denn durch unser Erfahren / Erleben

und durch unser transformatives Gestalten dessen,

wohin es uns getragen hat, steht uns jede Tür offen,

durch die wir – in welcher Form auch immer – schreiten möchten,

dem einen Zwecke dienlich:

die Welt zu erheben in ihre göttliche Kraft.“

7. <u>Siebte Strophe:</u>

„In ihre wahrlich göttliche, aristokratische, besondere Ebene,

die einfach entsteht durch Wandlung und Transformation

und niemals durch aufgesetztes Wollen und Prahlen.

Uns ist eine natürliche, edle, wohlwollende Aura

und Seins-Ebene gegeben

durch unsren Weg."

8. Achte Strophe:

„Lass uns gemeinsam

Weiterschreiten.

Und wir werden

viel zu lachen haben:

innen

wie außen."

III. Zu beiden Schädeln: EINHEIT[3]

1. Erste Strophe:

„Liebe S.,

jetzt,

wie versprochen,

Dein Channeling,

Dein persönliches Channeling

zu Deinen beiden Schädeln.“

[3] 16.05.2018

2. Zweite Strophe:

„Als Einheit sind sie gekommen,

zu repräsentieren die beiden Ebenen Deiner Aufgabe,

Deines Spektrums der Aufgabe.

Es beinhaltet immer viele Ebenen,

etwas zu gestalten, etwas zu tun;

um wirklich zu erschaffen, benötigt es die Dualität."

3. Dritte Strophe:

„Die Dualität ist ausschließlich

aus zwei verschiedenen Grundebenen gestaltet.

Innerhalb dieser Grundebenen

bewegen sich und eröffnen sich

viele Räume, Facetten und Aspekte.

Jeder der Schädel repräsentiert einen der Aspekte."

4. Vierte Strophe:

„Sie ergänzen sich in einer Weise wie Pat und Patachon:

der eine tut dies, der andere tut jenes.

Sie wechseln in ihrer Bedeutung

und in ihrer Intelligenz und in ihrer Bedeutung

von wahrhaftig und unwahrhaftig,

von richtig und falsch."

5. Fünfte Strophe:

„Doch da es weder wahrhaftig und unwahrhaftig,

noch richtig und falsch wirklich gibt,

sind es nur die beiden Aspekte,

die benötigt werden, für Dich,

um innerhalb Deines Systems

ein Ganzes zu ergeben."

6. Sechste Strophe:

„Du solltest daher mit beiden Schädeln arbeiten.

Zuerst mit dem einen, dann mit dem anderen.

Und dann noch einmal, nach einer Rekapitulierung,

oder einer Nachbearbeitung innerhalb Deines eigenen Systems

über die Bedeutung dessen, was Du erfahren hast,

um dann noch einmal mit beiden in der Verbindung zu arbeiten."

7. <u>Siebte Strophe:</u>

„Dadurch ergeben sich für Dich alle drei Ebenen dessen,

die Du benötigst, um wirklich das Gesamte zu erfassen.

Für Dich ist es wichtig, das Gesamte zu erfassen,

denn Du sitzt an einem Platz,

wo es darum geht, bestehende Räume zu verändern,

in ihren Schwingungsfrequenzen und in ihren Aufgabenbereichen."

8. Achte Strophe:

„Daher wird sich auch immer das mit erfassen lassen müssen,

was nicht unbedingt für Dich

gut und richtig erscheint.

Doch auch dieses gut und richtig

hat zwei Ebenen, hat zwei Aspekte,

den fördernden und den nicht-, den unfördernden Aspekt."

9. Neunte Strophe:

„Und daher ist es für Dich

immer wieder von höchster Bedeutung,

die Gesamtheit zu erfassen,

Dich neutral zu verhalten

bis zu diesem Moment,

wo Du die Entscheidung treffen wirst.“

10. <u>Zehnte Strophe:</u>

„Und aus dieser Entscheidung

entsteht ein neuer Raum,

wird etwas Neues geöffnet;

zuerst in Dir,

und dann kristallisiert es sich

und manifestiert es sich auch im Außen.

11. Elfte Strophe:

„Es gilt nicht unbedingt etwas mit Nachdruck zu tun.

Es gilt nur für Dich Klarheit zu erlangen.

Aus dieser Klarheit, aus der Gesamtheit der Erfassung dessen,

was Du an Wahrnehmungsinformation über die verschiedenen Ebenen,

über die verschiedenen Bereiche und Informationsmöglichkeiten erhältst,

ergibt sich für Dich, innerhalb Deines Systems eine neue Gesamtheit.“

12. Zwölfte Strophe:

„In dieser Gesamtheit,

aus Dir heraus, wirst Du wirken,

wirst Du automatisch, durch das,

was Du in Dir manifestiert hast, wirken.

Es gilt nicht unbedingt im Außen nachdrücklich zu werken, etwas zu tun,

denn dieses Tun zieht sich nach, es kommt aus der Erkenntnis."

13. Dreizehnte Strophe:

„Aus einer Erkenntnis folgt immer, unweigerlich, ein Tun,

und damit eine Veränderung.

Denn nach einer Erkenntnis ist nichts, wie es vorher war.

Denn jede Erkenntnis verändert etwas.

Und so wirst auch Du Dich stetig verändern,

denn es ist ein Teil Deines Naturells: die Veränderung."

14. <u>Vierzehnte Strophe:</u>

„Die Flexibilität wird Dir daher nahegelegt,

wird Dir daher als Rat zur Seite gestellt.

Auch die Neutralität wäre ein wichtiges Werkzeug für Dich.

Zuerst in einer gewissen Neutralität und Flexibilität

die einzelnen Aspekte zu erfassen,

um dann für Dich den roten Faden zu erkennen,

das, was im Systemischen dahintersteht.“

15. Fünfzehnte Strophe:

„Aus diesen Erkenntnissen

des Systemischen wirst Du dann

Deine Wahrnehmung verändern,

Deine Strategien entwickeln

und Deine neuen Räume öffnen.

Wir sind Dir zur Seite.“

16. <u>Sechzehnte Strophe:</u>

„Über die Schädel stehst Du in Kommunikation mit vielerlei Ebenen.

Die Ebenen eröffnen Dir ein breites Spektrum.

Dieses Spektrum ist für Dich unerlässlich.

Für Dein Sein, für Dein Wirken,

für Dein Verständnis, Deine Intelligenz

und auch Dein Verstehen.“

17. <u>Siebzehnte Strophe:</u>

„Du bist an einem wichtigen, neuralgischen Punkt,

indem Du, durch Dein Insider-Wissen,

durch Deine Kommunikation, durch Dein Sein

und auch Deine Energie, vieles verändern wirst,

in einer Struktur, die wenig nach Veränderung strebt.

Daher sieh auch die kleinen Veränderungen.“

18. <u>Achtzehnte Strophe:</u>

„Wir geben Dir als weiteren Impuls

die Verlangsamkeit (Verlangsamung/Langsamkeit).

Denn diese Systeme bestehen seit Tausenden von Jahren.

Und deshalb wird kein großer Ruck durch die Ebenen gehen.

Doch selbst der kleinste, schwingungsverändernde Aspekt

wird – über die Raum-Zeit-Ebene – alles verändern."

19. <u>Neunzehnte Strophe:</u>

„Und daher achte auf die minimalen Veränderungen,

achte auf die Frequenzverschiebungen,

achte auf die minimalen Meinungsänderungen,

und Du wirst erkennen,

dass Dein Wirken

wahrhaft Früchte zeigt."

20. Zwanzigste Strophe:

„Schau auf die kleinen Dinge,

und Du wirst das Große

dahinter erkennen.

Schau auf das Große,

und dahinter steht die Einzelheit,

das Kleine."

21. Einundzwanzigste Strophe:

„Und so ist es auch mit den Schädeln:

sie bilden das Große und das Kleine,

gleichwertig dennoch.

Unterschiedlich wie es kaum möglich sein könnte.

Und dennoch öffnen sie Dir

die gesamte Welt.“

22. Zweiundzwanzigste Strophe:

„Wir wünschen Dir viele wundervolle Erkenntnisse.

Den Mut zur Wahrheit, den Mut zum Risiko.

Den Mut, hinzuschauen.

Den Mut, wahrhaftig verändern zu wollen, ohne zu brechen.

Den Mut, wahrhaftig Dir selbst

und Deinen Schatten zu begegnen."

23. <u>Dreiundzwanzigste Strophe:</u>

„Wir grüßen Dich.

Aus den Zeiten der Ebenen,

aus den Zeiten der Zeiten,

aus den Zeiten des Seins.

Aus den Zeiten der Liebe,

aber auch aus den Zeiten des Unverständnisses.“

24. <u>Vierundzwanzigste Strophe:</u>

Und wir grüßen Dich,

und ziehen unseren Hut,

und verbeugen uns

vor Deiner Entschlossenheit

und Deinem Mut, voran zu gehen.

Wir grüßen Dich."

yes
I want morebooks!

Buy your books fast and straightforward online - at one of the world's fastest growing online book stores! Environmentally sound due to Print-on-Demand technologies.

Buy your books online at

www.get-morebooks.com

Kaufen Sie Ihre Bücher schnell und unkompliziert online – auf einer der am schnellsten wachsenden Buchhandelsplattformen weltweit!
Dank Print-On-Demand umwelt- und ressourcenschonend produziert.

Bücher schneller online kaufen

www.morebooks.de

SIA OmniScriptum Publishing
Brivibas gatve 1 97
LV-103 9 Riga, Latvia
Telefax: +371 68620455

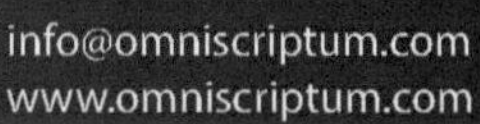

Printed by Books on Demand GmbH, Norderstedt / Germany